AF588921

LE JE NE SÇAI QUOI,

COMEDIE

De *Monſieur* DE BOISSY.

Repreſentée pour la premiere fois par les Comediens Italiens, le 10. Septembre 1731.

Le Prix eſt de Vingt-quatre ſols.

A PARIS,
Chez PIERRE PRAULT, Quay de Gêvres, au Paradis.

M. DCC. XXXI.

Avec Approbation, & Privilege du Roi.

LE
JE NE SÇAI QUOI,
COMEDIE
EN UN ACTE.
AVEC UN DIVERTISSEMENT.

ACTEURS.

MOMUS.
VENUS.
APOLLON.
LE JE NE SÇAI QUOI.
LE GEOMETRE.
LE PETIT MAISTRE.
LE SUISSE.
LE PUBLIC FEMININ.
L'ACTEUR FRANÇOIS.
LE MUSICIEN ET LA DANSEUSE.
SILVIA.
TROUPE de Calotins & Calotines.

La Scene est dans un Desert.

LE JE NE SÇAI QUOI,

COMEDIE.

SCENE PREMIERE.

MOMUS, VENUS.

MOMUS.

QUE vient faire Cypris dans ce lieu solitaire?

VENUS.

Et qu'y cherche Momus?

MOMUS.

C'est un fripon charmant,
Qui n'est pas votre Fils, & qu'on prend pour son Frere,

Dont le nom même est un mystere;
Déserteur de mon Regiment
Ainsi que de Cythere.
Il a les traits peu reguliers, mais fins;
Son air est ingénu, ses discours sont badins;
Il est brun de visage, & petit de figure;
De l'Art trop composé fuit les charmes contraints,
Et tient ses agrémens des mains de la Nature.
Votre Fils est plus beau, mais je crois celui-ci,
Soit dit sans vous mettre en colere,
Mille fois plus piquant, mille fois plus joli,
Et dans tout ce qu'il fait il a le don de plaire.

VENUS.

Ah! je reconnois là, le Dieu de l'Agrément,
Le Je ne sçai quoi ravissant,
Que la plus charmante des Graces
Et le Caprice ont mis au jour;
Qui faisoit autrefois la gloire de ma Cour,
Et qui fuit à present mes traces.

MOMUS.

Consolez-vous, Déesse, Apollon que voici,
Eprouve les mêmes disgraces;
Et comme vous sans doute, il vient chercher ici
Le fier Je ne sçai quoi, que cache cette Grotte.

SCENE II.

APOLLON, MOMUS, VENUS.

APOLLON.

LE Dieu Momus l'y cherche aussi.
Est-ce pour lui donner un Brevet de Calotte ?
Il en est digne sûrement
Par sa rare conduite.

MOMUS.

Mais vous faites par là son Eloge vraiment.
La brigue ne fait rien dans notre Regiment,
On n'y reçoit que le mérite ;
Vous en faites, Seigneur, vous-même l'ornement,
Aussi bien que le Dieu dont vous blâmez la fuite.

APOLLON.

Un tel honneur me flate infiniment :
Mais je me rends justice, & je sens l'avantage
Qu'a sur moi cet Enfant volage ;
C'est lui qui, le premier, a rendu florissant
Ce Corps dont la chaleur s'est un peu ralentie.

MOMUS.

Eh! c'eſt depuis qu'il eſt abſent.
Sans le Je ne ſçai quoi, tout languit dans la vie,
Il en fait tout l'enchantement ;
C'eſt le Je ne ſçai quoi qui met ſur la Folie,
Cet aimable vernis qui la rend ſi jolie,
Et ſur tous mes Sujets répand cet enjouëment
Qui fait paſſer heureuſement
Leur plus piquante raillerie.
Sans le Je ne ſçai quoi, le Dieu des Vers ennuïe ;
Il donne à ſes accords ce doux charme qui plaît,
Et remplit ſeul la Tragedie
De la chaleur de l'interêt.
Sans le Je ne ſçai quoi, ſans ſa grace infinie,
La Beauté n'offre aux yeux qu'un éclat impuiſſant :
C'eſt le Je ne ſçai quoi, qui, je ne ſçai comment,
Forme la ſympathie.
Enfin, par ce Je ne ſçai quoi,
Un cœur s'attache à l'autre, & ſans ſçavoir pourquoi.
On combatroit en vain, ſa douce tyrannie ;
Du petit Enchanteur un regard ſéduiſant,
Un coup de tête, un geſte, une maniere,

Déeſſe des Amours, font plus en un inſtant ;
Que ne feroient votre Art & ſon talent
En une année entiere.
Heureux cent fois l'Auteur,
Heureux l'Amant, heureux l'Acteur,
Heureuſes mille fois les Belles,
Sur qui ſes liberales mains
Répandent en naiſſant ſes graces naturelles ;
De toucher & de plaire ils ſont toûjours certains.

APOLLON.

Ciel ! qu'entens-je ? Momus s'eſt fait Panégyriſte.

VENUS.

Le Dieu des Médiſans devient votre copiſte.

MOMUS.

Doucement, je ne fais cet Eloge de lui,
Que pour mieux vous blâmer l'un & l'autre aujourd'hui.
Du départ de ce Dieu vous êtes ſeuls la cauſe.

APOLLON.

Qui ! nous ?

MOMUS.

Vous même ; en vain vous faites les ſurpris.

VENUS.

Je m'étonne, ſur nous, que vous mettiez la choſe.

MOMUS.

Ce ſont tous les abus que vous avez permis,
C'eſt l'affectation, c'eſt la coquetterie,
Le fard & le clinquant qui ſemble, des Habits,
Avoir paſſé dans les Ecrits;
Ce ſont tous les faux airs que le Faſte a fait naître,
Qui l'ont forcé d'abandonner Paris,
Pour ſuivre la Nature en ce ſéjour champêtre.
Voilà ce qu'a produit la fureur de paroître.
De la Simplicité l'on ne ſent plus le prix;
Toute Belle eſt coquette, & fait gloire de l'être;
Tous les Auteurs ſont beaux Eſprits,
Et tout Amant eſt Petit-Maître.
De la contagion ſi quelqu'un eſt exempt,
C'eſt à l'abri de ma marotte,
Et pour amis du Vrai, je compte uniquement
Nos Officiers de la Calotte.

APOLLON.

Je fronde, comme vous, le faux goût d'à preſent,
Mais, malgré mes efforts, ſon Empire s'étend.

VENUS.

C'eſt par un pur caprice, & non par notre faute,
Que nous avons perdu ce Génie inconſtant;
Avec les graces de ſa Mere,

Il a l'humeur fantaſque de ſon Pere.

MOMUS.

Ce que j'y vois pour vous de plus triſte aujourd'hui,
C'eſt que depuis le jour que ce Dieu s'eſt enfui,
L'Ennui mortel a pris ſa place,
Et l'on bâille à Cythere auſſi fort qu'au Parnaſſe.
L'Amour ne fait plus que languir,
De vains amuſemens on a beau le remplir,
Le cœur demeure toûjours vuide,
Et l'Ennui, d'un vol rapide,
S'y vient nicher au milieu du Plaiſir.

VENUS.

Le moyen de s'en garantir ?

MOMUS.

Cela me paroît difficile.

VENUS.

Il a même forcé notre dernier azile,
Le Theâtre eſt en proye à ſa noire vapeur.

MOMUS.

C'eſt notre premier Temple ; il eſt de notre honneur
D'en prendre la défenſe :
C'eſt la cauſe d'ailleurs de tous les Immortels.

Si l'Ennui s'établit dans le sein de la France,
Il détruira tous leurs Autels.

APOLLON.

Contre un fleau si grand que peut votre puissance?
Que faire enfin ?

MOMUS.

Agir tous de concert,
Pour arracher de ce Desert
Le Dieu, dont la présence,
Peut seule exterminer cet Ennemi fatal :
Mais il ne faut pas moins qu'un effort general ;
Cette Grotte & ces lieux qu'arrose une onde pure,
Pour retenir ses pas semblent formés exprès ;
De leur agréable structure,
Le seul Caprice a fait les frais.

VENUS.

Mais comment l'arracher du fond de sa retraite ?

MOMUS.

Pour lui faire quitter ces lieux,
Ecoutez un dessein que mon esprit projette,
Et qui sera, je crois, approuvé dans les Cieux :
Parmi tous les Mortels qui nous rendent hommage,
Que chacun de nous tâche à trouver un sujet,

Qui puiſſe avoir l'heureux attrait
De rappeller ce Dieu volage,
Et de le fixer tout à fait.

APOLLON.

Vous eſperez avoir, ſans doute, l'avantage
De l'emporter ſur tous les autres Dieux ;
Et ce retour ſera l'ouvrage
De quelque Calotin joyeux.

MOMUS.

Mais ne croyez pas rire, avec un tel langage ;
On plaît moins par le Sérieux,
Qu'on ne fait par le Badinage ;
Et le Je ne ſçai quoi, ſi charmant à nos yeux,
Eſt lui-même porté vers le Calotinage,
Et tient de lui ſes traits les plus victorieux.

VENUS.

Mais aux Mortels pourquoi donner la gloire
De l'execution ?
C'eſt nous avilir de les croire
Dans cette occaſion,
Plus capable que nous d'obtenir la victoire.

APOLLON.

Oüi, de n'avoir pas cet honneur,
Ma dignité s'offenſe & mon orguëil murmure.

MOMUS.

C'eſt cette dignité qui doit nous en exclure :
La contrainte & l'aprêt qui ſuivent la Grandeur,
Donneroient l'épouvante à notre Deſerteur.

VENUS.

Avant de recourir à ce moyen extrême,
Moi, je veux eſſayer du moins,
Si je ne pourrai pas réüſſir par moi-même.

APOLLON.

Et j'y vais, comme vous, appliquer tous mes ſoins.

MOMUS.

Des Coquettes elle eſt la Reine,
Il eſt le Dieu des beaux Eſprits ;
Je ne ſuis nullement ſurpris
Si l'Amour propre les entraîne.
D'un ſi noble deſſein je vous applaudis fort :
Mais voici ce Dieu ſolitaire,
Qui vers ce Lieu prend ſon eſſort ;
Il s'offre à vos filets, ſignalez votre effort.
Pour convaincre les Dieux du choix qu'ils doivent faire,
Et pour ſonger au mien, moi, je quitte ce bord.

Il s'en va.

SCENE III.

APOLLON, VENUS, ARLEQUIN.

ARLEQUIN.

QUels ſont les importuns qu'ici je vois paroître?
C'eſt Apollon, & Madame Venus.
Qu'ils ſont changés depuis que je ne les ai vûs!
J'avois d'abord peine à les reconnoître.

APOLLON.

Il s'effarouche en nous voyant.

ARLEQUIN.

Que veulent-ils?

VENUS.

Il faut l'aborder doucement.

ARLEQUIN.

Quelle affectation! quel rouge épouvantable!
Je ne puis ſoûtenir leur aſpect ſeulement.
Vîte, rentrons dans mon appartement.

VENUS.

Pourquoi nous fuir, Génie aimable?

APOLLON.

Vous feriez accompli,
Si vous vouliez vous montrer plus affable.

ARLEQUIN.

Ah ! vous me trouvez donc joli ?

VENUS *d'un air minaudier.*

Plus on vous voit, & plus on vous trouve agréable.

ARLEQUIN *à Venus.*

Ce compliment est fort poli ;
Mais, ne pourriez-vous pas de grace,
Me dire des douceurs, sans faire la grimace ?

APPOLLON *faisant le gracieux.*

Tout est charmant en vous. Vous êtes embelli
Même par votre brusquerie.

ARLEQUIN.

Ah ! vous m'affadissez par votre flaterie ;
Et vous accompagnez ce trait digne de vous,
D'un souris fat & plein d'affeterie,
Capable de gâter l'Eloge le plus doux.
Faites-moi tous les deux un plaisir, je vous prie ?

APOLLON.

Volontiers.

ARLEQUIN.

Privez-moi de votre Compagnie ;

Ou trouvez bon que je vous dise adieu.

VENUS.

D'où vous vient cette saillie?

ARLEQUIN.

D'une raison sans repartie.
Nous ne sçaurions tous trois être en un même lieu.

APOLLON.

Mais pourquoi donc, je vous suplie?

ARLEQUIN.

C'est qu'avec l'Art, j'ai de l'antipathie,
Et pour trancher les discours superflus,
Que Madame n'est plus
Qu'une vieille Coquette à mes yeux enlaidie;
Dont je ne puis souffrir le visage fardé;
Et que vous êtes, vous, un bel Esprit guindé,
Dont l'entretien m'ennuye.

APOLLON *l'arrêtant.*

Arrêtez, charmant Je ne sçai quoi,
Ne partez pas si vîte.
Nous avons traversé les Airs, Venus & moi,
Pour venir vous rendre visite.

ARLEQUIN.

Adieu, je prens la fuite,
Dès qu'on court après moi.

VENUS *en le retenant.*

Ah! montrez-nous plûtôt le moïen de vous plaire,
Pour vaincre vos rigueurs, dites, que faut-il faire?

ARLEQUIN.

Vous raprocher de la Simplicité.

APOLLON.

C'est à quoi, chaque jour, notre esprit s'étudie;
Et sans cesse par nous votre air est imité.

ARLEQUIN.

Par là même, morbleu, vous êtes affecté:
On n'est plus naturel, si-tôt que l'on copie.
Ainsi, plus de commerce.

VENUS.

Ah! quelle cruauté!
Le dernier des Mortels ne seroit pas traité
D'une façon plus dure.

ARLEQUIN.

Je le recevrois beaucoup mieux.

APOLLON.

Pourquoi nous faire cette injure?

ARLEQUIN.

C'est que les hommes sont moins fardés que les Dieux,
Plus on est guindé dans les Cieux,

Moins

Moins on eſt près de la Nature,
Et ſouvent les plus Grands ſont les plus en-
nuyeux.
Voilà pourquoi je vous fais mes adieux.

VENUS.

C'eſt moi plûtôt qui vous cede la place.
Je rougis d'en avoir trop fait,
Et mon juſte dépit me chaſſe.
Une mortelle aura peut-être le ſecret
De venger ma diſgrace.

Elle ſort.

APOLLON.

Honteux d'avoir tenté des efforts ſuperflus,
Je vais ſuivre trop tard le conſeil de Momus.

SCENE IV.

ARLEQUIN, UN GEOMETRE.

LE GEOMETRE *sans voir Arlequin.*

PLus je combine, plus je pense,
Et moins dans le fond je conçoi
Le prétendu JE NE SÇAI QUOI,
Dont chacun regrette l'absence,
Et qu'on dit en ces lieux faire sa résidence.

ARLEQUIN *à part.*

Ce Faquin-là médit de moi.

LE GEOMETRE.

Ou la Geometrie est fausse & vaine en soi,
Et je suis une franche bête;
Ou ce Je ne sçai quoi, dont l'Univers s'entête,
Et cette gentillesse avec cet agrément,
Que dans le monde on cherche tant,
Et dont on prétend qu'il est Pere,
Ne sont qu'une pure chimere.
L'exacte Vérité, la solide Raison,
Ont seules droit de plaire,

Tout le reſte n'eſt qu'un jargon.

ARLEQUIN.

Holà, héy ! Jargon toi-même.
Sçais-tu bien, maître Original,
Sçais-tu bien que celui dont tu parles ſi mal,
Pourroit fort bien punir ton inſolence extrême.

LE GEOMETRE.

Vous le connoiſſez donc?

ARLEQUIN.

Oüi.
Ma gloire, qui plus eſt, m'engage à le défendre.

LE GEOMETRE.

Pour moi, la Vérité qui me conduit ici,
Ne me permet pas de me rendre,
Avant d'être mieux éclairci.

ARLEQUIN.

Pour convaincre à l'inſtant ton eſprit endurci,
Il te ſuffit de ſa préſence.

LE GEOMETRE.

Où donc eſt-il? je ſerois curieux
D'en faire l'analyſe.

ARLEQUIN.

Il te crêve les yeux,
Homme ignorant à force de ſcience.

LE GEOMETRE.

Mais je ne vois que vous ſeul en ces lieux.

ARLEQUIN.

Eh, n'aperçois-tu pas, Butor, que c'eſt moi-même.

LE GEOMETRE.

En ce cas là vous êtes un problême,
Que je ne puis reſoudre, & dont je dois douter.

ARLEQUIN.

Mais, Animal indécrotable,
Je ſuis un Eſtre, moi, mais un Eſtre palpable.
Tu n'as plûtôt qu'à me tâter.

LE GEOMETRE.

Le rapport de mes Sens eſt trompeur, variable,
Sur lui je ne puis m'aſſûrer:
C'eſt mon Eſprit qu'il faut ſeul pénétrer
D'une conviction qui ſoit inébranlable.
A mes regards que ſert de vous montrer:
Je ne ſçaurois vous croire véritable,
Vous que rien juſqu'ici n'a pû me démontrer.
Il faut, s'il vous plaît me permettre,
Pour me convaincre pleinement,
De vous examiner géometriquement,
Et de vous définir ſans plus long-tems remettre.

ARLEQUIN.

Apprenez qu'il faut me ſentir,
Et qu'on ne peut me définir,
Monſieur le Géometre.

LE GEOMETRE.

Souffrez du moins, de peur d'un Quiproquo,
Souffrez que je vous décompoſe,
Ou je vous tiens pour un Zero.

ARLEQUIN.

Je vais te faire voir que je ſuis quelque choſe,
Et te décompoſer toi-même de façon,
Que tu vas au plûtôt changer d'opinion.

LE GEOMETRE.

Arrêtez, point de violence.
Là, ſoit, pour un moment j'admets votre exiſtence,
Mais pour mieux affermir mon eſprit chancelant,
Avec ce demi Cercle * agréez ſeulement,
Que je meſure ici votre circonference,
Et prenne exactement chaque dimention.

ARLEQUIN.

Mais il me prend, je penſe,
Pour une Contreſcarpe, ou pour un Baſtion.

* Il tire de ſa poche un demi Cercle, & le braque ſur une Canne qu'il tient à la main, & qui ſert d'appui.

LE GEOMETRE.

Ne remuez donc pas. Un peu de patience.

ARLEQUIN.

Renverſons & briſons ſon Inſtrument maudit.

LE GEOMETRE.

Que faites-vous ? Quel aveugle dépit !

ARLEQUIN.

Vous êtes un Faquin, dont l'audace ſournoiſe
Et le doute inſolent excitent mon courroux.
Je ne ſuis pas un Dieu qu'on meſure à la toiſe,
Et je devrois ici vous donner mille coups.

LE GEOMETRE.

Eh, par là qu'avanceriez-vous ?

ARLEQUIN.

Je ſçaurois te convaincre avec tes propres armes,
Mais, va, tu n'as point d'yeux pour connoître mes charmes,
Et toi-même tu perds tous les ſoins que tu prens.
Je ſuis un Don de la Nature,
Qu'on ne peut concevoir par l'art ni par le tems,
Et qu'on ne vit jamais briller dans la figure,
Ni dans le Cabinet de Meſſieurs les Sçavans.

LE GEOMETRE *en s'en allant.*

Pour moi, qui ne me rends qu'à la ſeule évidence,

J'en ſuis toûjours pour ce que j'en ai dit;
Et dans cette occurrence,
Mes yeux ſont convaincus, mais non pas mon eſprit.

ARLEQUIN.

Si tu me comprenois, je perdrois mon credit.

SCENE V.

ARLEQUIN, LE PETIT MAISTRE.

LE PETIT MAISTRE.

Au Dieu de l'Agrément je fais la reverence,
En qualité d'Ambaſſadeur.

ARLEQUIN.

Et quelle eſt la Puiſſance,
Qui vers notre Grandeur
A député votre Excellence?

LE PETIT MAISTRE.

En me voyant, Seigneur,
Vous devinez qui c'eſt, je penſe.

ARLEQUIN.

Moi? point du tout.

LE PETIT MAISTRE.

C'eſt Venus & l'Amour,
Qui ſoupirent tous deux après votre retour,
Et qui m'ont aujourd'hui donné la préference
Sur tant d'aimables Gens
Qui font l'ornement de la France.
Dans cette occaſion, je dois, ſans perdre tems,
Vous marquer ma réconnoiſſance,
Et vous faire, Seigneur, mille remercimens.

ARLEQUIN.

Eh, pourquoi s'il vous plaît?

LE PETIT MAISTRE.

La demande m'étonne!
Pour avoir comblé ma perſonne
De tous vos dons les plus charmans.

ARLEQUIN *à part.*

S'il n'étoit pas ſi fat, il ſeroit fort aimable;
Mortifions un peu ſa vanité.

LE PETIT MAISTRE.

Si je plais, c'eſt à vous que j'en ſuis redevable.

ARLEQUIN.

Vous vous moquez en vérité,
Monſieur le Petit Maître,
Je n'ai pas ſeulement l'honneur de vous connoître.

LE PETIT MAISTRE.

Trêve de modestie & de déguisement.
Tous ces bons airs qu'en moi l'on voit paroître,
Ce goût qui regne en mon ajustement,
Ce dehors, ces façons, ces riens inexprimables;
Qui rendent tous les cœurs épris,
Ces coups de tête inimitables,
Qui tâchent d'attraper tous nos jeunes Marquis,
Quand on les voit dans les Coulisses
Déployer leur talens aux yeux des Spectateurs,
Et joüant avec les Actrices,
Chanter plus haut que les Acteurs.

Il chante.

Ah! belle Reine, est-il possible
Que vous soyez sensible
Pour un autre que moi?
Ah! belle Reine, est-il possible,
Que je ne sois pas votre Roi?

Il déclame.

En un mot tous ces dons, qui parent ma figure,
C'est de vous seul que je les tiens.

ARLEQUIN.

Il n'en est rien, je vous assûre;
Car je ne reconnois pour miens,

Que ceux qui ſont marqués au coin de la Nature.
Et jamais Petit Maître . . . . .

LE PETIT MAISTRE.

Oh, je le ſuis en beau,
Et je le ſuis dès le berceau.

ARLEQUIN.

Apprenez mieux à vous connoître;
La Nature jamais ne fit un Petit Maître.
Le plus aimable eſt toûjours apprêté;
Et c'eſt en le loüant autant qu'il puiſſe l'être,
Le Chef-d'œuvre de l'Art & de la Vanité:
Ainſi détrompez-vous.

LE PETIT MAISTRE.

Ce n'eſt qu'une défaite.
Vous ne pouvez, en ce moment,
Vous diſpenſer honnêtement
D'abandonner votre Retraite,
Pour me ſuivre à Paris, où chacun vous ſouhaite.

ARLEQUIN.

Vous comptez donc ſur mon retour?

LE PETIT MAISTRE.

Oüi vraiment; j'ai donné ma parole à l'Amour
De vous ramener dans ce jour.

ARLEQUIN.

Le compliment eſt aſſez drôle :
Il eſt bon, mon ami, de vous faire ſçavoir,
Qu'avec tous les appas que vous croyez avoir,
Vous riſquez, à l'Amour, de manquer de parole.
Mais quel eſt le fâcheux qui vient encor nous
voir ?

SCENE VI.

ARLEQUIN, LE PETIT MAISTRE, UN OFFICIER SUISSE.

LE SUISSE.

LI Tieu qui préſide à la Tonne,
Monſir Pacchus, me preferir à tous,
Et faire choix de mon perſonne
Four faire l'Ambaſſade, & la Harangue à fous.

ARLEQUIN.

L'aimable Ambaſſadeur ! qu'il a de gentilleſſe !
Quand Bacchus a choiſi
Un Envoyé de cette eſpece,
Aſſûrément il étoit dans l'yvreſſe ;

LE SUISSE *à Arlequin.*

Moi, mon petit Cadet, fous troufe fort choli;
Tout li Corps di Bifeurs qu'ici ché reprefente,
S'ennuïer peaucoup Tieu merci,
Di foir fotre perfonne abfente;
Nous être égalément, fans li Che ne fçai quoi,
Tout che ne fçai comment, & fans favre pourquoi.

LE PETIT MAISTRE *à Arlequin.*

Des Suiffes foupirer après votre prefence!
Ce Phœnomene me furprend,
Je ne croyois pas feulement,
Que le Je ne fçai quoi fût de leur connoiffance.

LE SUISSE.

Toi li parle très-mal, quand toi li parle ainfi;
Et por tranche un difcours qui m'échauffe mon pile,
Moi di che ne fçai quoi fi fort être l'ami,
Que li mene foupir fti foir même à la file.

ARLEQUIN *à part.*

Ce ne fera pas d'aujourd'hui.

LE PETIT MAISTRE *au Suiffe.*

Vous pouvez vous paffer de lui,
Et fon fecours vous eft fort inutile;

Vous n'avez pas, Messieurs, le goût si difficile:
Pourvû qu'un Cabaret, centre de vos plaisirs,
Vous offre une Table garnie,
Il n'est plus rien qui manque à vos desirs.

LE SUISSE.

Fous ouplier le meillir, ché fous prie.

LE PETIT MAISTRE.

Quoi donc?

LE SUISSE.

Un Fanchon pien cholie.
Puis dans li même tems li manque au Tieu tu Fin,
Sti ché ni sçai quoi di fin,
Qui touchours fous refeille,
Et fous fait afalir de son liqueur fermeille,
Pendant trois chours entiers li soir & li matin;
Sans être incommodé di tout li lendemain,
Ho! sti che ne sçai quoi n'avre pas sa pareille.
Puis manque à mon moustache encor un acré-ment,
Qui de Monsir dépend;
C'est que son petit main rempli de chentillesse,
Li tonne un tour patin, & sti che ne sçai qu'est-ce
Qui me rente charmant
Aux yeux de mon Maîtresse.

ARLEQUIN.

Le bel emploi pour moi!

LE PETIT MAISTRE.

Comment, Monſieur, comment,
Toute votre perſonne a naturellement
Tant de graces & tant de charmes,
Qu'elle n'a pas beſoin d'aucun autre ornement;
Vos mouſtaches, ſur tout, friſent ſi joliment,
Que l'objet le plus fier doit leur rendre les armes.

LE SUISSE.

Monſir de France ché t'entens,
Pour faire l'acréaple,
Toi fouloir rire à mes dépens.

LE PETIT MAISTRE.

Moi, rire à vos dépens, je n'en ſuis point capable;
Et pour être raillé vous êtes trop aimable.

LE SUISSE.

Ne crois point patiner, mon foi,
Dans mon façon, moi l'être autant que toi;
L'avre de mon Pays li craces en partage.

LE PETIT MAISTRE.

Des graces Suiſſes! oh, je ſens leur avantage.

LE SUISSE.

Par la tertombre, moi,

Moi parlir tout di pon, & fouloir fiste faire
Monseignir li ché ne sçai quoi,
Chiche de sti petit affaire.

LE PETIT MAISTRE.

Vous êtes sûr d'avoir une victoire entiere.

ARLEQUIN.

Le défi me paroît plaisant,
Je vais vous écouter fort attentivement.
Parlez. Sur pareille matiere,
Je me croi Juge competant.

LE SUISSE.

Eh pien, Monsir, sans tardir dafantache,
Por faire le comparaison,
Ricarte son personne; obserfe sti mignon:
Li plûtôt afre l'air, le foix & la fissage
D'une Fille que d'un Garçon.
Puis toi pressentement, toi contemple mon mine;
Admire cette coffre, & mon larche poitrine;
Foi sti maintien guerrier, sti front machestueux;
Foilà, foilà ce que ché nomme
Le témoignache afantacheux,
Et tout li frai peauté d'in homme:
Et foilà ce qui plaît, sur tout,
A tous les Tames di pon cout;

Et dans leur petit coeur fait fenir le tendresse ;
Peaucoup mieux que sti drole afec son chentillesse.

ARLEQUIN.

Ah, ah, ah, je ris de bon cœur.

LE PETIT MAISTRE *bas à Arlequin.*

Un tel Original vous réjoüit, Seigneur ?

ARLEQUIN.

Rien n'est plus véritable.
Ce Suisse qui se croit aimable,
Et qui vient avec vous faire assaut d'agrément,
Me divertit infiniment.
Mais vous, qui vous moquez d'un pareil Personnage,
Vous me divertissez encore davantage.

LE PETIT MAISTRE.

Qui, moi, Seigneur, je vous divertis ?

ARLEQUIN.

Oüi.
Vous le plaisantez aujourd'hui,
Et vous trouvez ses façons singulieres,
Lorsque, dans vos manieres,
Vous êtes ridicule autant & plus que lui.

LE

LE SUISSE.

Oh ! l'estre fort pien dit cela, Tiaple m'emporte,
Et montre à respectir un homme de mon sorte.

LE PETIT MAISTRE.

La chose me surprend. Vous trouvez mes façons
Plus choquantes que celles
D'un homme des Treize Cantons :
Dites-moi, pour les trouver telles,
Dites-moi du moins vos raisons ?

ARLEQUIN.

Oh ! pour trancher en deux mots la dispute,
Vous avez pris de mauvaises leçons,
Et je fais plus de cas de la Nature brute,
Telle qu'en un Suisse sans fard
On peut la voir paroître,
Que des faux agrémens de l'Art,
Qui brillent dans un Petit Maître.

LE SUISSE.

Mon Peauté sur le tien l'avre enfin emporté.

LE PETIT MAISTRE *à Arlequin.*

Jusqu'ici, d'être aimable, on m'a pourtant flaté.

ARLEQUIN.

Vous êtiez né pour l'être,
Mais l'affectation chez vous a tout gâté.

LE PETIT MAISTRE.

Vous m'accusez d'être affecté !
Vous êtes le premier. Tout autant que personne
Je crois avoir, sans vanité,
Ces graces, cette aisance, & cette liberté
Que le grand Monde donne.
J'abhorre sur tout l'air que vous me reprochez.

ARLEQUIN.

Il y paroît à vos manieres.
Vous caressez ainsi vos lévres minaudieres,
Et voici comme vous marchez.

Il se promene & contrefait le Petit Maître.

LE SUISSE.

Li marchir en catence,
Comme faire un Maître à Tanser.

LE PETIT MAISTRE *à Arlequin.*

Eh, comment donc marcher ? montrez-m'en la science.

ARLEQUIN.

Tout naturellement, sans paroître y penser.

LE SUISSE.

Comme li marche, moi. La façon la plus ronde
Estre la meillire façon.
Ricarte sti pon air, profite du leçon,

Et par là, plaire à tout li monde.

LE PETIT MAISTRE, *d'un air ironique.*

Cette démarche est noble, & vous avez raison.

à Arlequin.

Ah ! c'est trop m'éprouver. Seigneur, je vous supplie,
De vous déterminer à partir avec moi,
Et de quitter la raillerie,

LE SUISSE.

Lui montir dans mon Chaise, & ne point suifre toi.

ARLEQUIN.

Je voudrois à tous deux vous être favorable,
Mais je ne puis me rendre à vos soins empressés.

LE PETIT MAISTRE.

D'où vient ?

LE SUISSE.

Porquoi ?

ARLEQUIN *montrant le Petit Maître.*

Monsieur, veut faire trop l'aimable,
Et vous ne l'êtes pas assez.

LE SUISSE.

L'être plus qu'il ne faut, & de ton compagnie
Moi me passir fort pien, Monsir Che ne sçai quoi,

Pendant trente-cinq ans, moi l'afre pu ſans toi,
Et li poire encor pien li reſte de mon fie.

Il s'en va en peſtant.

SCENE VII.

ARLEQUIN, LE PETIT MAISTRE.

LE PETIT MAISTRE.

Adieu, Seigneur, votre eſprit s'eſt gâté,
Vous avez même contracté
Une humeur bruſque, un air ſombre & ſauvage.
A Paris, aujourd'hui, vous ſeriez peu goûté;
Vous faites ſagement de reſter au Village.

Il ſort.

SCENE VIII.

ARLEQUIN, LE PUBLIC FEMININ.

LE PUBLIC.

Ah, vous voilà, Seigneur, je vous trouve à la fin,
Mais ce n'eſt pas ſans une peine extrême :
Je n'en puis plus. Il faut bien qu'on vous aime
Pour avoir fait tant de chemin,
Et pour vous viſiter juſques dans ces retraites.

ARLEQUIN.

Madame, apprenez-moi, s'il vous plaît, qui vous êtes.

LE PUBLIC.

Quoi ſe peut-il en ce moment,
Que le Pere de l'Agrément
Et de la Gentilleſſe,
Me demande mon nom, & qu'il me méconnoiſſe ?
Moi, l'objet autrefois de ſon empreſſement,
Et de ſa plus vive tendreſſe :
Moi, qui décide ſeul, & ſouverainement,
Des affaires qui ſont de ſon département ;

Moi, dont le Tribunal eſt tout puiſſant en France,
Dont le goût naturel ſurpaſſe la Science
Du Peuple Auteur qu'il éclaire ſouvent ;
Qui, l'Evantail en main, juge auſſi ſûrement,
De la bonté des Pieces de Théâtre,
Que de l'air des Habits & de l'Ajuſtement,
Dont je ſuis Idolâtre.
Ma regle ſûre eſt le pur ſentiment.
Mon cœur tendre & ſenſible
Dicte lui ſeul tous mes Arrêts,
Et cet Oracle infaillible
Eſt l'Arbitre ſûr des ſuccès.
Ce n'eſt qu'à ce qui porte un caractere aimable,
Que mon encens eſt départi,
On ne l'obtient jamais, ſi l'on n'eſt agréable,
Connoiſſez à ce trait votre meilleur ami
Le Public, qui toûjours vous a le plus cheri.

ARLEQUIN.

Vous êtes le Public ? vous.

LE PUBLIC.

Oüi.

ARLEQUIN.

Le véritable.

LE PUBLIC.

Oüi, je ſuis ce Public délicat & choiſi,
Qui détermine l'autre, & qui s'en voit ſuivi.

ARLEQUIN.

Le Public en Cornette! il eſt méconnoiſſable.
Mais pourquoi donc? à quel deſſein
Vous traveſtir de la ſorte?

LE PUBLIC.

C'eſt l'habit qu'en tout tems je porte,
Puiſque je ſuis le Public Feminin,
Cette aimable moitié du plus grand monde enfin,
Dont je fais l'ornement & l'ame.

ARLEQUIN.

Ah! Monſeigneur ou bien Madame,
Car je ne ſçai comment il faut vous appeller,
Pardonnez à l'erreur qui m'avoit ſçû troubler.
Je revere le Public Femme;
D'être cheri de lui je me ſens trop flatté,
Et cette double qualité,
Me fait ſentir le prix d'une amitié ſi chere,
Et craindre en même tems les traits de ſon courroux.
Malheur à qui ſe voit haï de vous,
Et trop heureux qui ſçait vous plaire.

Oüi, de tous les encens le vôtre est le plus doux,
Et vous donnez le ton au Public votre Frere.
Mais, dans ce Séjour écarté,
Madame, qui vous a conduite?

LE PUBLIC.

Les Graces & la Volupté,
Qui depuis votre fuite
Ont perdu leurs attraits & leur vivacité,
Vous sçavez qu'elles sont le partage ordinaire
De notre Sexe né pour plaire,
Formé pour les Amours, porté vers le Plaisir,
Et qui fait son unique affaire,
De l'inspirer & de le ressentir:
Mais chaque jour notre adresse impuissante
A beau le varier, & beau le travestir
Sous une forme differente,
Il lui manque sans vous cette pointe charmante,
Et ce Je ne sçai quoi, qui pique le desir.
Sa douceur n'est plus apparente;
Ou plûtôt avec vous le Plaisir s'est enfui:
Sans pouvoir le saisir, je le cherche sans cesse.
Je crois souvent, dans mon yvresse,
Que je le tiens, & vais joüir de lui:
Mais je ne trouve que l'Ennui

Sous le masque de l'Allegresse.

ARLEQUIN.

Le Plaisir me ressemble, il est un peu malin,
Lorsqu'on croit le tenir, il échape soudain.

LE PUBLIC.

Que dis-je, pour chasser la Tristesse cruelle,
Un Monstre encor plus affreux qu'elle,
Qu'ont mis au jour le Desir effrené,
Et la Coquetterie,
A fait sentir par tout son souffle empoisonné.
On l'appelle Galanterie.
Il a, sous ce beau nom, séduit tous les esprits,
Et trouvé le secret de regner dans Paris.
Il se dit des Plaisirs le Pere véritable,
Et n'est que la source effroyable
Du Repentir & du Dégoût.
En rendant tout facile, il a renversé tout.
Cet ennemi fatal de la Délicatesse
Par son affreux sistême a détruit la Tendresse :
Il a fait de l'Amour, un Commerce honteux
Formé sans sentimens, & lié sans estime,
Où l'on joüit sans être heureux ;
Un Trafic passager, que l'Interêt anime,
Que produit l'Inconstance, & qu'ils rompent tous deux ;

Des regles de la bienſéance
Notre cœur oſant s'affranchir,
S'écarte du chemin en croyant l'accourcir,
Et nous avons beaucoup perdu de l'Innocence,
Sans rien gagner du côté du Plaiſir.

ARLEQUIN.

Par la ſeule Innocence on y peut parvenir,
Le Plaiſir eſt trop pur pour ſubſiſter ſans elle,
On ne ſçauroit briſer leur chaîne mutuelle
Sans le détruire ou l'affoiblir.

LE PUBLIC.

Ce qui me déſeſpere,
Comme lui l'Agrément affecte de me füir.
A combler ma miſere,
Seigneur, tout ſemble concourir.
J'ai de la peine à plaire,
Et je ne puis me divertir.
Je commence le jour par me mettre en colere:
On m'éveille mal-à-propos
Dans l'inſtant que je goûte un tranquile repos.
Je m'arrache à regret des bras de la Molleſſe,
Je crois que du Sommeil la force enchantereſſe
Aura du moins repoſé mes attraits,
Que je vais me lever plus belle que jamais.

Je cours me regarder : mais j'en ſuis bien punie ;
Je vois les mêmes traits,
Mais je ne trouve plus ma Phiſionomie,
Ni cet air animé qui leur donne la Vie.
A mon ſecours j'appelle l'Art flateur,
Pour ramener cet éclat ſéduƈteur,
Plus d'une habile main s'applique & s'étudie.
De m'avoir rendu ma Beauté
On s'applaudit déja, mon cœur en eſt flaté,
Quand par une Boucle indocile
Tout l'ouvrage eſt gâté :
On fait pour la reduire un effort inutile,
J'y mets la main moi-même, & n'y puis réüſſir.
L'Art me rend ridicule, au lieu de m'embellir,
Et par malheur la choſe eſt ſans remede.
Le chagrin que j'en ai me rend encor plus laide.

ARLEQUIN.

Vous méritez votre Laideur,
Et c'eſt pour vous apprendre,
A vouloir employer l'Artifice trompeur.

LE PUBLIC.

Pour mettre enfin le comble à ma mauvaiſe humeur,
Un Abbé doucereux à force d'être tendre,

Précedé d'un Robin, & ſuivi d'un Auteur,
A ma Toilette vient ſe rendre.

ARLEQUIN.

Quel amuſant Trio de toutes les façons!

LE PUBLIC.

L'Abbé m'endort en me prêchant fleurette,
Et l'Avocat m'aſſomme en plaidant ſes raiſons;
L'Auteur un peu moins ſot, ſans en être plus ſage,
Se taît en m'offrant un Ouvrage,
Qu'il s'empreſſe de publier.
Je le lis; mais je ſens dès la premiere page:
Quoiqu'on m'ait fait l'honneur de me le dédier,
Et que de mon mérite il faſſe l'étalage,
Je ſens qu'il n'a pas moins le don de m'ennuyer.
Mon Viſage en fait la critique.
Je bâille, en attendant l'heure de l'Opera,
Qui me délivre enfin de ces trois Meſſieurs-là.
Je m'y rends pour entendre une Chanteuſe unique,
Qui porte juſqu'aux Cieux ſa voix ſans la forcer,
Qui ne connoît d'autre art que l'art de prononcer,
Et n'a que le cœur ſeul pour Maître de Muſique.

ARLEQUIN.

Si j'étois à Paris elle auroit ma pratique.

LE PUBLIC.

Mais de plus d'un Acteur que je ne puis souffrir,
Le chant désagréable & la mauvaise grace
En troublant ses accords, trouble tout mon plaisir,
Et dans mon cœur portant la glace,
Y fait rentrer l'Ennui qui venoit d'en sortir.
Ce poison est mêlé d'un transport de colere,
Et je ne puis alors m'empêcher d'envier.
L'heureuse liberté dont joüit le Parterre,
Et l'avantage qu'a mon Frere
De sifler, quand il veut, pour se desennuyer.

ARLEQUIN.

Si les Dames sifloient en pleine Comedie,
J'irois exprès pour voir cela.
Elles feroient, je crois, une mine jolie.

LE PUBLIC.

Ce n'est pas tout, je sors de là,
Et je me rends aux Thuilleries,
Esperant dissiper un mal de tête affreux.
Mais malgré leur éclat qui vient fraper mes yeux,
Je sens que par l'Art seul elles sont embellies,
Et je désire à ces beaux Lieux,
L'air simple & naturel qu'on voit dans ces Prairies.
J'ai beau les parcourir avec empressement,

Pour divertir l'ennui dont je ſuis poſſedée,
Et joüir de l'amuſement
De regarder & d'être regardée :
Je n'aperçois à chaque inſtant
Qu'ajuſtemens ſans goût, & que modes choquantes,
Qu'airs empruntés, mines impertinentes.
A force d'être trop parés,
J'y vois des hommes ridicules,
Imitans nos Paniers outrés,
Maronnés comme nous, & beaucoup plus poudrés;
Il ne leur manque que des mules.

ARLEQUIN.

Que j'ai bien fait de les quitter.

LE PUBLIC.

Laſſe de prendre l'air, bien moins que la pouſſiere,
Et ſentant que mon mal ne fait que s'augmenter
Par tant d'objets qui n'ont que l'art de me déplaire,
Et contre qui je me ſens irriter,
Même à l'inſtant qu'ils me font rire,
Je quitte ces Jardins, ſans avoir pû goûter
D'autre contentement que celui de médire.

ARLEQUIN.

Vous ne pouvez pas mieux faire votre ſatyre.

LE PUBLIC.

Je compte que la nuit va me dédommager
D'avoir paſſé triſtement la journée ;
Et par la Volupté je me vois amenée
Dans un Hôtel riant, tout fait pour la loger.
D'abord la gayté ſe déploye
Sur le front animé du Maître du Logis,
Et de là ſe répand parmi tous les eſprits.
D'un Repas enchanteur tout annonce la joye ;
Petits plats délicats, & Convives choiſis.
Le Goût préſide à tout ; les Graces & les Ris
Avec nous ſont aſſis à table.
On ſent bientôt regner ce concert délectable,
Qui naît des cœurs bien aſſortis,
Et forme l'enjoûment, ſans qui les mets exquis
N'ont qu'un goût effroyable.
On ſe livre aux accès d'une folie aimable ;
Le Plaiſir déſiré vient inſenſiblement
Dans le vif tranſport qui m'enflamme,
Avec un Vin de Grave auſſi frais que brillant,
Je le ſens, ce Plaiſir, qui coule dans mon ame.
Dans le moment fatal qu'un homme affreux, peſant,

Qu'on n'attend point, forçant la porte,
Vient preſenter ſon viſage aſſommant,
Et glacer tous les cœurs par l'ennui qu'il apporte;
Nous prenons tous la fuite, & notre joye eſt morte.
Pour ſurcroît d'agrément,
Je rencontre chez moi mon mari qui m'attend,
Et veut m'entretenir quand je ſuis arrivée;
Mais je le quitte bruſquement,
Et vais me coucher en grondant,
Ainſi que je me ſuis levée.

ARLEQUIN.

Votre recit eſt fort touchant.

LE PUBLIC.

Par le détail exact de l'ennuyeuſe vie
Que je mene, depuis que vous êtes abſent,
Jugez, Seigneur, de ma peine infinie :
C'eſt de votre retour que mon bonheur dépend.

ARLEQUIN.

Je puis vous donner maintenant,
Madame, ſans quitter cette Plaine fleurie,
Le moyen de goûter plus de contentement,
Et de vous rendre plus jolie.

LE PUBLIC.

Et comment donc?

ARLEQUIN.

Premierement;

Fuyez l'Art imposteur dont vous êtes esclave;
Couchez-vous de bonne heure, & levez-vous matin;
N'usez plus tant de Vin de Grave,
Et vous aurez le Tein plus frais le lendemain.

LE PUBLIC.

Vous voulez qu'avec l'Art je me broüille aujourd'hui,
Quand son secours m'est favorable.

ARLEQUIN.

Vous êtes née assez aimable
Pour vous passer de lui:
Rapprochez-vous du Naturel, Madame,
Qui peut lui seul vous embellir;
A cet instinct si sûr, laissez aller votre ame,
Il la sçaura mener droit au Plaisir,
Et vous m'obligerez par là de revenir.

LE PUBLIC.

Venez plûtôt, venez vous-même nous conduire
Dans le chemin qu'il faut que nous tenions.

ARLEQUIN.

Je mettrois mon retour à des conditions...

LE PUBLIC.

Je m'y soumets, vous n'avez qu'à les dire.

ARLEQUIN.

Madame, accordez-moi deux jours pour les écrire.

LE PUBLIC.

Soit : mais vous me tiendrez parole, s'il vous plaît;
Car je n'écoute point d'excuse.
Je suis Peuple, Seigneur, & Femme qui plus est;
Impunément jamais on ne m'abuse :
Après-demain tenez-vous prêt,
Je viendrai vous tirer de ce Séjour champêtre.
A votre aspect, l'Ennui va disparoître,
Les Graces vont se rétablir,
Et tous les Plaisirs vont renaître.
Quel favorable changement !
L'Abbé va devenir piquant,
Le Financier leger, aimable;
Le Robin amusant & railleur agréable;
L'Auteur, plein d'agrément :
Et, jusqu'à mon Mari, tout va m'être charmant.

SCENE IX.

ARLEQUIN, UN ACTEUR FRANÇOIS.

L'ACTEUR.

DAns l'état déplorable où nous sommes reduits,
Je ne sçais où je vais, je ne sçais où je suis!
Ah! Seigneur, pardonnez à mon desordre extrême.

ARLEQUIN.

Que cherchez-vous ici?

L'ACTEUR.

Je vous cherche vous-même.

ARLEQUIN.

Mais, quel homme êtes-vous?

L'ACTEUR.

Je suis Heraclius,
Mitridate, Cesar, Pompée & Regulus;
Pour tout dire en un mot, je regne sur la Scene,
Et je suis envoyé vers vous par Melpomene.
C'en est fait; nous touchons à notre dernier jour;
Son Empire est détruit sans votre prompt retour.

Privé de vos attraits & de votre presence,
Sur les cœurs revoltés je n'ai plus de puissance.
Je suis envain paré du grand titre de Roy,
Quand le Peuple est mon Maître, & m'impose la Loy:
Si-tôt que je n'ai point le bonheur de lui plaire,
Sa redoutable Voix me contraint de me taire,
Il ne pardonne rien à qui l'ose ennuyer.
Quand je songe aux affronts qu'il me faut essuyer,
Une juste Fureur de mon ame s'empare.
Je jette mon Chapeau, je descens au Tartare,
Je marche à la lueur du flambeau d'Alecton,
J'embrasse Proserpine en dépit de Pluton.
Dieux! il veut me fraper de son Sceptre effroyable!

ARLEQUIN.

Cet homme-là, je crois, est possedé du Diable.

L'ACTEUR.

Arrête! Dieu cruel..... pour éviter ses coups
Fuyons... J'entens Cerbere aboyer après nous..
Il se lance sur moi dans sa cruelle rage!

ARLEQUIN.

Dites-moi, Roi des Fous, pourquoi tout ce Tapage?

Pourquoi vous tourmenter avec tant de fureur?

L'ACTEUR.

Pour exciter en vous une noble terreur.

ARLEQUIN.

Que la Peſte t'étouffe! avec ce Bruit terrible,
Tu n'excites en moi, qu'un mal de tête horrible.

L'ACTEUR.

Applaudiſſez du moins à mes Geſtes choiſis,
Et de mon Jeu muet ſentez bien tout le prix;
Au Mérite, au Talent, rendez enfin juſtice,
Et du Chapeau ſur tout admirez l'Exercice.
En trois tems je le mets & l'ôte fierement;
Puis ma Main, avec grace, en décore mon Flanc.
Vous vous armez en vain d'un Front ſauvage & rude,
Vous ne ſçauriez tenir contre cette Attitude.

ARLEQUIN.

Campé de la maniere, ô Prince ſans égal!
Il ne vous manque plus, vraiment, qu'un pied-d'Eſtal,
Et vous orneriez bien une Place publique:
Mais vous m'ennuyez fort dans ce Séjour ruſtique.

L'ACTEUR.

Ah! pour vous ramener au ſein de nos Etats,

Il faut, je le vois bien, que je marche à Grands Pas,
Et qu'épuisant mon Art . . . . Mais, inutile gêne !
A me battre les Flancs je perds toute ma peine.
J'ai beau rouler mes Yeux; j'ai beau lancer ce Bras,
Et forcer mon Gosier, vous n'applaudissez pas !
Aux Efforts que je fais vous êtes insensible,
Et montrez la rigueur d'un Parterre inflexible.
Puisque vous n'êtes point frappé par la Terreur,
Voyons si la Pitié touchera votre cœur.
J'embrasse vos genoux, & j'implore vos charmes;
Laissez-vous, Dieu puissant, attendrir par mes larmes;
Soyez touché du Sort d'un Prince malheureux,
Qui n'est plus respecté sous ses Habits pompeux.
Je vois à chaque instant ma Grandeur méprisée :
Mes vœux infortunés excitent la risée.
Venez rendre à mon Rang sa premiere splendeur,
Et répandre sur nous ce Charme séducteur,
Qui sçait nous attirer une Indulgence extrême,
Et qui fait applaudir jusqu'à nos Défauts mêmes.
Ne laissez point tomber un Théâtre fameux,
Dont vos faveurs jadis ont fait fleurir les Jeux.
Au nom d'Agamemnon, au nom de nos Princesses,
Venez du Peuple enfin nous rendre les tendresses.

ARLEQUIN.

Prince, n'avez-vous rien à me dire de plus?

L'ACTEUR *se levant.*

Non, d'en avoir tant dit je suis même confus;
Vos Mépris redoublés lassent ma Patience,
Et tout m'insulte en vous jusqu'à votre Silence.
Je suis entré, Seigneur, Eperdu dans ces Lieux,
Et vous me contraignez d'en sortir Furieux.
Adieu, je vais, je cours, guidé par la Colere,
Des Princes tels que moi la ressource ordinaire,
Remplir tous nos Etats des horreurs que je sens,
Pour premiere victime immoler le bons Sens;
Et signalant mes Coups par des Débris illustres,
Poignarder le Souffleur, & briser tous nos Lustres.

SCENE X.

LE MUSICIEN, LA DANSEUSE, ARLEQUIN.

LE MUSICIEN *à la Danseuse.*

De nos communs Efforts nous devons tout attendre.
Vos Pas brillans....

LA DANSEUSE.

Votre Voix tendre....

LE MUSICIEN.

Ah ! c'est Vous.

LA DANSEUSE.

Ah ! c'est Vous,

ENSEMBLE.

Qui charmerez ce Dieu.

LA DANSEUSE *déclame.*

Mais le voilà qui paroît dans ce Lieu.

LE MUSICIEN *chante.*

Vous voyez un des Favoris
Du Dieu de l'Harmonie.

LA DANSEUSE.

De Terpsicore, moi, je suis

Une Eleve chérie.

Elle déclame:

Vers Vous, Seigneur, par ces Divinités
L'un & l'autre aujourd'hui nous ſommes députés.

LE MUSICIEN.

Sans Vous, malgré mon Art, nos Concerts aſſoupiſſent.

LA DANSEUSE.

Et ſans Vous nos Fêtes languiſſent
Malgré tout mon Talent.

ARLEQUIN.

Madame excelle donc au grand Art de la Danſe,
Et Monſieur prime dans le Chant?

LE MUSICIEN *chante.*

Du Public enchanté j'ai merité l'Eſtime,
Je réunis les Goûts divers.
Je ſuis tantôt Badin, je ſuis tantôt Sublime,
Je fais l'honneur de nos Concerts;
Ma Canne ſeule les anime,
Et fait ſentir l'eſprit qui regne dans nos Airs.

LA DANSEUSE.

Je ſuis le Phœnix de la Danſe,
Je fais l'étonnement des yeux;
Et comme une Aigle qui s'élance,

Je m'éleve jusques aux Cieux.

LE MUSICIEN.

Grace à mon Art divin, j'affronte le Tonnerre,
Je maîtrise & parcours les Elemens divers;
Soutenu par mes Sons je vole dans les Airs,
Je regne sur la Terre,
Et je nâge au milieu des Mers.

LA DANSEUSE.

D'un Zéphir mutin,
Folâtre & badin,
Par un effort nouveau
Je suis le tableau;
Et mon Pied leger
Vole, & trace dans l'air,
Par son rapide cours
Cent Lacs d'Amours.
La Jeunesse,
La Vieillesse,
Admirent mes Entrechas;
La justesse,
La vîtesse
Qu'on voit dans mes Pas,
Ne se conçoit pas.

LE MUSICIEN.

Mon Talent le plus grand & le plus admirable,
Eſt celui d'inſpirer un Sommeil favorable.
Mes Sons endorment noblement,
Et je fais bâiller décemment.
Si je peins un Buveur renverſé ſous la Table,
Vous l'entendez diſtinctement
Qui ronfle muſicalement.

LA DANSEUSE.

Mes bras expriment la Molleſſe
Repoſant ſur un Lit de fleurs;
Et mes yeux peignent l'Yvreſſe
Où plongent de tendres Ardeurs.

LE MUSICIEN.

Je célebre l'Amour, je chante ſon Empire
Sur tout ce qui reſpire.
A l'Oreille je peins les Charmes du Printems,
Et le Soufle leger du Zéphir qui ſoupire.
J'imite par mes Sons tous les Chants differens
Des Oiſeaux amoureux qui plaignent leur Martyre:
On croit oüir parfaitement
Un Serin qui ramage, un Pigeon qui roucoule,
Et qui gémit de ſon tourment;

Le Jet d'eau qui s'élance audacieusement,
Le Cascade qui tombe, roule,
Et qui de-là se coule
Dans le lit d'un Fleuve charmant.

LA DANSEUSE.

Mes Pas qui coulent doucement,
D'abord imitent l'Onde pure;
Puis, précipitant leur mesure,
Partent vîte comme un Torrent.

LE MUSICIEN.

Au Goût François j'allie
Le Goût brillant de l'Italie;
Je fais dans mes Airs nouveaux
Badiner (3. *fois.*) les jeunes Fleurettes.
Je fais dans mes Chansonnettes
Sautiller (3. *fois.*) les petits Moineaux;
Et par mes tendres Musettes,
Fretiller (3. *fois.*) les Habitans des Eaux.

LA DANSEUSE.

Mes Yeux naïfs & mes Airs innocens,
D'une Agnès aux regards tracent le caractère;
D'une Coquette qui veut plaire,
Je peins les Gestes agaçans,
Par ma Danse vive & legere.

Faut-il d'une Jalouſe exprimer la Colere ?
D'un pas impétueux
Je vole après mon Infidele,
Pour le ſurprendre avec ſa Belle ;
Et pour les étrangler tous deux.

ARLEQUIN.

Arrêtez. Il ſuffit. Avec toute la France,
Madame, j'applaudis, j'admire votre Danſe :
Rien n'eſt plus ſurprenant, plus fort, ni plus hardi.

LA DANSEUSE.

Ah ! vous me ſuivrez donc, la choſe étant ainſi.

ARLEQUIN.

Vous m'en diſpenſerez, Madame.

LA DANSEUSE.

Eh ! qu'ai-je en moi qui rebute votre ame ?

ARLEQUIN.

Un défaut qui feroit un défaut accompli.

LA DANSEUSE.

Quel défaut ?

ARLEQUIN *faiſant la capriole.*

Vous ſautez trop bien pour une Femme.

LA DANSEUSE.

AIR, *Un Sault.* Que vous jugez mal,
Mon cher petit Bonhomme,

Que vous jugez mal,
Mon petit Animal :
Peut-on trouver un défaut,
A Fille qui fait un Sault,
Deux Saults, &c. *Elle s'en va.*

SCENE XI.

ARLEQUIN, LE MUSICIEN.

LE MUSICIEN.

ET moi ?

ARLEQUIN.

Par l'Action, par la Délicatesse,
Par l'Esprit & la Gentillesse,
Vous l'emportez sur tous les Amphions,
Et votre Jeu supplée au défaut de vos Sons ;
De tout faire sentir vous avez la Science,
Et rendez finement un Personnage outré :
Mais pour attirer ma Présence,
Vous êtes, bel Orphée, un peu trop manieré.

LE MUSICIEN.

Adieu. Je vous croyois le Goût plus épuré :
Sachez, quand il s'agit de Musique & de Danse,

Que l'Art toûjours doit être preferé.

Il chante en s'en allant.

Un Pigeon qui roucoule.

ARLEQUIN *le contrefait, & repete.*

Un Pigeon qui roucoule.

SCENE XII.

ARLEQUIN, SILVIA.

ARLEQUIN.

AH ! le joli Tendron qu'ici je vois paroître !

à Silvia.

Belle, qui vous envoye en ce Séjour champêtre ?

SILVIA.

C'est Momus dont je suis la Loi,
Et de la part de cet aimable Maître,
J'y cherche le JE NE SÇAI QUOI.

ARLEQUIN.

Vous le voyez en ma Personne.

SILVIA.

En ce cas de sa part recevez ce Brevet.

ARLEQUIN.

C'est bien de l'honneur qu'il me fait.

SILVIA.

Vous méritez, Seigneur, ce qu'il vous donne.

ARLEQUIN *lit en ânonant.*

Le Dieu porte.... le Dieu porte....

SILVIA.

Ah! pour un Dieu, comme vous ânonez!
Je vais lire pour vous: donnez, Seigneur.

ARLEQUIN.

Tenez.

SILVIA *lit.*

Le Dieu Porte-Marotte,
Au Dieu JE NE SÇAI QUOI, Citoyen des Forêts,
Salut, Folie & Paix.
Notre Corps admirant sa Conduite falotte,
D'avoir quitté Paris, le plus beau des Séjours,
Pour s'enterrer dans une Grotte,
Et de fuir les Mortels, pour vivre avec les Ours,
Lui décerne à Voix haute,
Tous les Honneurs de la Calotte.
Nous remettons nous-même, dans sa main,
Le Sceptre Calotin.
Enjoint à lui par la Folie
De l'accepter malgré sa modestie,
Et quitter son Desert, notre Brevet reçû,

Sous

Sous peine, s'il resiste à cet Ordre absolu,
De perdre la parole,
Et cet air ingénu,
Qui du Public le rend l'Idole;
D'être pesant & malotru,
Même en faisant la Capriole,
Et de devenir aujourd'hui
Le fleau de la Joye, & le Dieu de l'Ennui.
Fait je ne sçai quel Jour, à je ne sçai quelle Heure,
Dans je ne sçai quelle Demeure,
Par un Auteur du Regiment,
Appellé JE NE SÇAI COMMENT.

ARLEQUIN.

C'est bien joli!

SILVIA.

La Piece a donc votre Suffrage.

ARLEQUIN.

Je parle du Lecteur, & non pas de l'Ouvrage.
Votre bouche rend flateurs
Les traits piquans de la Satyre,
Et je les préfere aux douceurs
Que les autres peuvent me dire.

SILVIA.

Ah! vous me dites-là vous-même des fadeurs;

Je vous dirai, pour moi qu'aucun égard n'arrête,
Qu'il n'est qu'un mot qui serve en cette occasion.
Suis-je de votre goût ou non?
Répondez net, & vîte, je vous prie.

ARLEQUIN.

Moi, je vous trouve fort jolie.

SILVIA.

Il faut me le prouver non par un compliment,
Mais par un prompt effet quittant cette Demeure,
Et me suivant en France tout à l'heure.

ARLEQUIN.

Tout à l'heure? le cas est-il donc si pressant?

SILVIA.

Oüi, point de retardement.
Décidez-vous, Seigneur? Au bas de la Requête
Mettez BON ou NEANT.

ARLEQUIN.

Cet air mutin suffit pour faire ma conquête,
Et vous avez un minois si fripon,
Qu'en dépit qu'on en ait, il faut bien dire, BON.

SILVIA.

Donnez-moi donc la main sans autre repartie,
Et venez avec moi vous rendre au Regiment.
Mon cœur avec le vôtre a de la sympathie,

Et nous nous convenons tous deux parfaitement.
Vous êtes fait pour la Folie,
Et moi pour l'Agrément.
Venez, volez, partons inceſſamment.

ARLEQUIN.

Taupe. J'irai par tout en votre Compagnie,
Et l'on nous verra Vous & Moi
Ce ſoir même à la Comédie.
A tous les cœurs je donnerai la loi:
On vous applaudira ſans ceſſe.
Moi je ſerai JE NE SÇAI QUOI,
Et vous ſerez JE NE SÇAI QU'EST-CE.

Il part avec Silvia.

SCENE XIII.

MOMUS *seul.*

Pour le coup je triomphe, & le voilà parti ;
Ma Sujette l'emmene, & me comble de gloire,
Sur tous les autres Dieux j'emporte la victoire :
Au gré de mes desirs l'ouvrage a réüssi.
Je cours vîte à Paris accompagner l'Entrée
Du Dieu de l'Agrément,
Je veux qu'elle soit celebrée
Par tout mon Regiment ;
Par mon ordre déja la Fête est préparée.

SCENE XIV. ET DERNIERE.

Le Théâtre change & represente une Salle ornée de tout ce qui peut caracteriser la Folie & l'Agrément, rëunis ensemble.

On mêne en triomphe Arlequin avec Silvia.

UN CALOTIN *chante.*

QUe le Tambour, que la Trompette,
Célébrent de Momus le Triomphe éclatant,
Que la Flûte, que la Musette,
Annoncent le retour du Dieu de l'Agrément;
Il vient regner dans notre Regiment.
Que le Tambour, que la Trompette,
Annoncent de Momus le Triomphe éclatant.

UN CALOTIN.

Grands Officiers de la Calotte,
Devant ce Dieu fléchissez les genoux,
Armés sa main de la Marotte.
Qu'il regne ici: Momus n'en sera point jaloux.

Ici tous les Officiers de la Calotte vont rendre hommage à Arlequin, & lui présenter la Marotte, qu'il reçoit comiquement en faisant plusieurs lazzis.

UN CALOTIN.

Calotins ennuïeux, Calotins ſans merite,
Fuïez vîte, on vous caſſe tous.
De notre Regiment, on ne veut que l'élite;
Accourez ſeuls, aimable fous.

On danſe.

UN CALOTIN.

Le partage du Regiment
Eſt la ſaine Philoſophie.
L'eſprit de l'aimable Folie,
Qui regne dans ce corps brillant,
N'eſt que la raiſon traveſtie,
Sous les habits de l'Enjoüement,
Et la Morale embellie
Par le ſecours de l'Agrément.

VAUDEVILLE.

I.

A l'Univers rendons juſtice,
Même en dépit qu'il en ait,
De quelque façon qu'on agiſſe,
On eſt digne du Brevet.
Que la Marotte
Paſſe ſoudain
De main en main;

Que la Calotte
Couvre la tête falotte
Du Genre Humain.

I I.

Un Noble mange pour paroître
Principal & Revenus.
Un Riche heureux, s'il vouloit l'être,
Meurt de faim sur ses Ecus.
Que la Marotte, &c.

I I I.

Un Pédant né desagréable
Prétend faire le Galant.
Un Marquis ignorant, aimable,
Veut se donner pour Sçavant.
Que la Marotte, &c.

I V.

Aujourd'hui l'Opéra nous frape,
Demain les Comédiens.
Après demain on nous attrape
Par les moindres petits riens.
Que la Marotte, &c.

V.

ARLEQUIN *au Parterre.*

Heureux si le Parterre affable

Goûtoit ce Jeu calotin,
Et que d'une voix favorable
Il chantât notre refrein,
Que la Marotte, &c.

FIN.

www.ingramcontent.com/pod-product-compliance
Ingram Content Group UK Ltd.
Pitfield, Milton Keynes, MK11 3LW, UK
UKHW021626260726
13994UKWH00003B/1101

9 782329 135359